Karen Acioly Marilia Pirillo

Bem no meio

Dados Internacionais de Catalogação na Publicação (CIP)
Angélica Ilacqua CRB-8/7057

Acioly, Karen
Bem no meio / Karen Acioly ; ilustrado por Marilia Pirillo. - São Paulo : Saberes e Letras, 2022. (Encantamentos)

40 p. : il., color.
ISBN 978-65-84607-05-7

1. Literatura infantojuvenil I. Título II. Pirillo, Marilia
22-1506 CDD 028.5

Índice para catálogo sistemático:
1. Literatura infantojuvenil

1ª edição – 2022

Direção-geral: *Flávia Reginatto*
Editora responsável: *Andréia Schweitzer*
Assistente de edição: *Fabíola Medeiros*
Coordenação de revisão: *Marina Mendonça*
Copidesque: *Mônica Elaine G. S. da Costa*
Revisão: *Sandra Sinzato*
Gerente de produção: *Felício Calegaro Neto*
Produção de arte: *Tiago Filu*

Saberes e Letras
Rua Botucatu, 171 – Vila Clementino
04023-060 – São Paulo – SP (Brasil)
Tel.: (11) 2125-3575
http://www.sabereseletras.com.br
editora@sabereseletras.com.br
Telemarketing e SAC: 0800-7010081

Amigos de infância são pérolas raras do oceano...
Eles nos ajudam a compreender o estranho
mundo dos adultos.

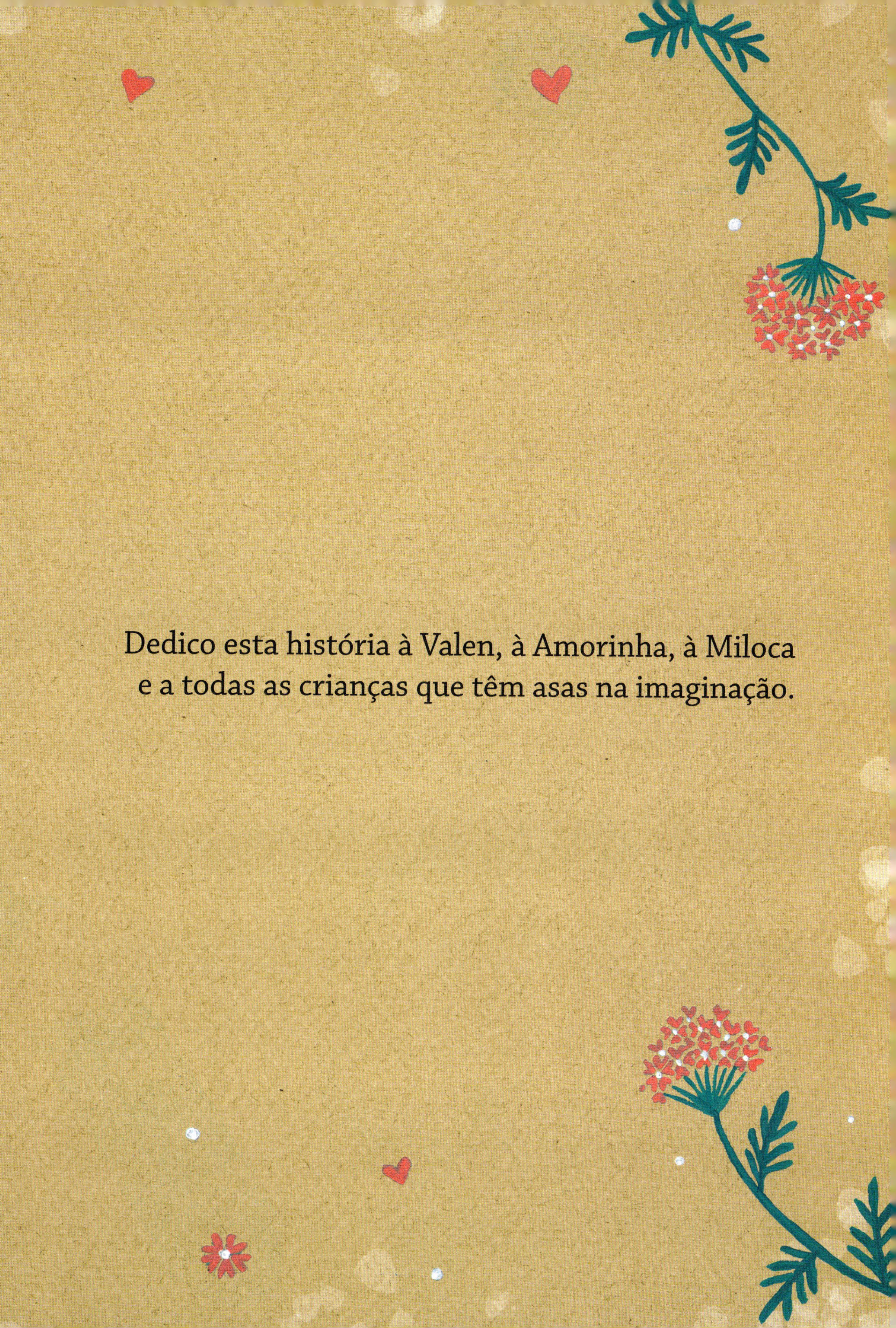

Dedico esta história à Valen, à Amorinha, à Miloca
e a todas as crianças que têm asas na imaginação.

Tudo era uma festa naquele dia de janeiro.
Com 10 dedos, perfeitinho, nascia o bebê inteiro.
As bochechas tão vermelhas, o narizinho em pé.
Como era linda a Bem, cheirosinha e sem chulé.

Tinha um sinal de nascença, atrás do ombro direito.
Como muita gente tem, mas não é nenhum defeito...

Na casa dela, todos dançavam: mãe, pai, avô e avó.
Quanta alegria, que harmonia! Bem jamais ficaria só.

Mal abriu os olhinhos e viu do lado de fora
a mãe que sentia de dentro e que podia tocar agora.
Também escutou diferente as batidas do coração.
Bem ficou muito assustada, parecia até percussão.

O véu que cobria seus olhos, não cobria seus ouvidos.
Seu corpinho palpitava por todos os seus sentidos.
Sentiu um aperto no peito e saiu um chororô:
"Está tão frio aqui fora! Onde será que eu estou?".

Um calorzinho redondo despontou inesperado,
dele saía um leitinho que dava um sono danado;
era um carinho quentinho, como assim nunca se viu.
Bem fechou seus olhinhos, deu um suspiro e dormiu...

Seis anos se passaram com a vida assim, sorrindo
Bem crescia, tudo certo, quando surgiu algo lindo:
de tanto adorar os livros e de olhar suas figuras,
Bem descobriu o poder de viver mil aventuras.

Assim conheceu Gaia, que era alegre e divertida,
e que, rápido, se transformou em sua melhor amiga.
Lá onde Gaia morava tudo era bem diferente,
outro espaço, outro tempo, só tinha Gaia de gente.

Foi ela quem percebeu que Bem tinha um dom daqueles:
conseguia entrar nos livros e sair de dentro deles.
Entre um mundo e outro, tudo era diversão,
do quarto de sua casa ao Lago do Coração.

Tudo ia bem na vida de Bem,
até que algo aconteceu...

Quase em seu aniversário,
faltava um dia apenas,
Bem viu seus pais se encarando,
e sentiu-se triste, pequena.

Arregalou bem os olhos,
estranhou aquilo tudo...
Um silêncio tão profundo,
os dois quietos e mudos.

Seu pai tinha cara vermelha,
sua mãe, cara lilás.
Para mudar esse clima todo,
como é que a Bem faz?

Para tentar animar os dois, Bem fez uma pirueta.
Ninguém se mexeu nem riu. Bem tentou uma careta...
Seu coração apertou, sentiu muita pena dos dois.
"Será que tinham brigado?"
Deixou a graça para depois.

Ficaram parados os três, mas foi só por um segundo.
Bem correu, então, para o quarto,
para entrar no outro mundo.
Suas costas pininicavam com uma dor muito fina.
O que é que acontecia com essa doce menina?

– Gaia! – chamou Bem, aos soluços. – Como estão minhas costas?
– Sua marca de nascença virou um roxo bem feio.

É... Crescer nunca foi fácil,
ainda mais para a Bem,
bem no meio.

Quando seus pais, por acaso,
por algum motivo brigavam,
da marquinha de nascença
muitas penas despontavam.

– Gaia, quantas penas já saíram?
– Um monte delas já vi.
– Mas tá doendo diferente...
– É que tem outra coisa aqui...

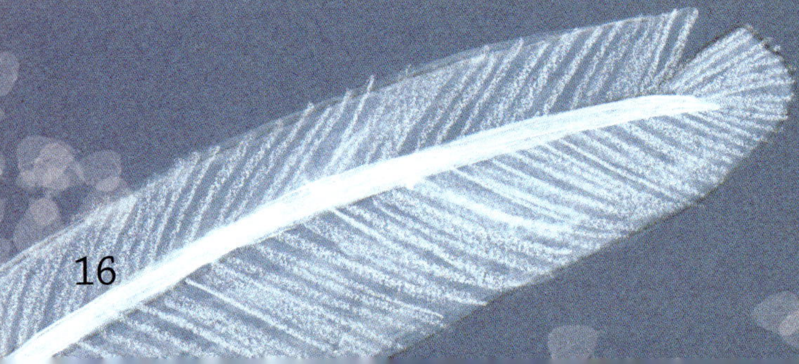

Gaia mexeu com cuidado no lugar do machucado
e viu nascer, bem fraquinha, uma asinha bem do lado.

– O que você sente, Bem?
– Sinto como um alívio. O que se passa comigo,
é lá fora ou é aqui, no livro?

Juntaram, então, álcool, esparadrapo, algodão,
tinta guache, pincel fino, perfume, água e sabão.
Para não arder, limparam de mansinho a asinha “Pequena”,
a perfumaram com beijinhos e a pintaram de verbena.

– Se eu tenho uma asa, talvez eu possa voar.
E, se eu tiver duas casas, onde é que eu vou morar?

Bem disse isso baixinho, só para Gaia ouvir.

– Quem vai cuidar de mim, se eu tiver que fugir?

Bem subiu no tamborete, decidida a voar,
mas caiu bem lá de cima, nem deu tempo de avisar.
O tombo fez com que a asa crescesse um pouquinho mais.
Será que já era hora da Bem contar para seus pais?

Quando chegaram à sala, para fazer uma surpresa,
os pais falavam outra língua, certamente a saturnesa.
Eles não viram as duas e também não as escutaram.
Não era uma boa hora, como elas esperavam.

Porém, era a hora certa para criar musculatura.
"Será que uma asa só pode voar nas alturas?"
Em um piscar de quatro olhos, elas abriram o livro,
mergulharam dentro dele, de volta para seu abrigo.

Gaia passou exercícios, Bem foi ficando mais forte.
Mas voar com uma só asa? Somente com muita sorte.
Bem subiu no alto da página, sentiu no rosto o vento
e, num impulso, sem pensar, deixou solto o pensamento.

O coração acelerou e a asa então se abriu.
Tentou de novo o voo, escorregou e... caiu.

Bem começou a dançar, mesmo sem saber o porquê.
Gaia também fez o mesmo, que bonito de se ver!
Em um giro espetacular, com as duas de mãos dadas,
do rodopio surgiu uma linda e nova asa.

Duas asas tinha a Bem, uma de cá, outra de lá:
uma Grande, outra Pequena...
– Como é que faz pra voar?

Gaia soprou um desejo, Bem também fez o dela.
Como os dois eram o mesmo, as duas asas se abriram...
Diferentes, muito belas.

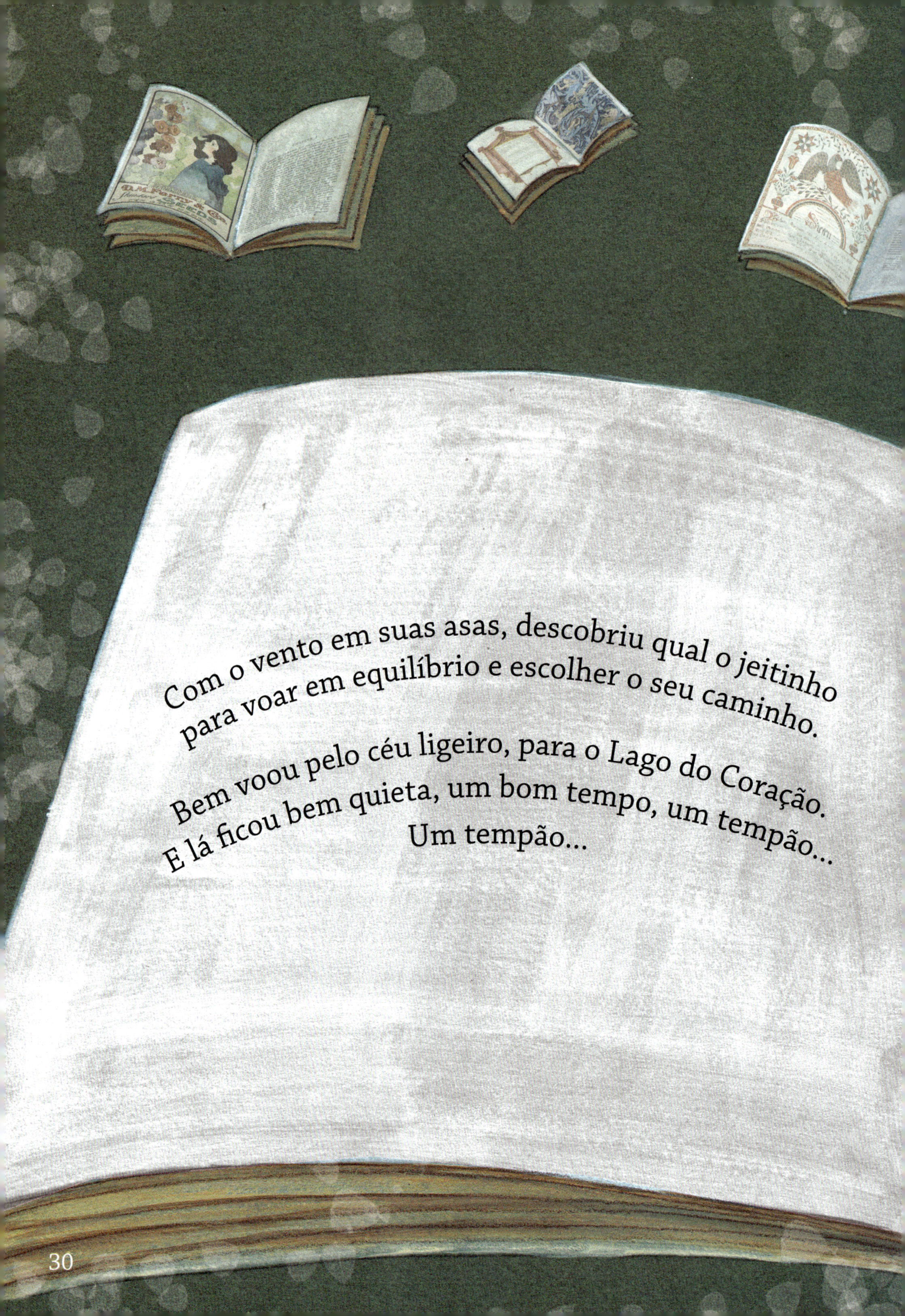

Com o vento em suas asas, descobriu qual o jeitinho
para voar em equilíbrio e escolher o seu caminho.

Bem voou pelo céu ligeiro, para o Lago do Coração.
E lá ficou bem quieta, um bom tempo, um tempão...
Um tempão...

Viu macacos, andorinhas,
flores, frutos, amorinhas.
Viu minhoca, borboleta,
lua cheia na luneta.

Tanto viu que se lembrou
de querer voltar para casa.
Dessa vez ia contar
como é bom ter duas asas.

Bem então virou a página, com coragem e bravura,
e, de mãos dadas com Gaia, foi viver nova aventura.

Atravessaram o portal e penetraram no mundo real.

Quando Bem chegou à sala onde estavam seus pais,
eles viram seus dons e suas asas desiguais.

você quer ir.
Por ali, pra começar

– Tenho duas asas agora e também já sei voar!
Se eu tiver duas casas, o amor vai duplicar?

Os pais de Bem suspiraram, pensaram por um momento,
mas a resposta esperada veio nas asas do vento:
certamente o amor duplica, quando se tem duas casas,
uma Grande, outra Pequena,
como se fossem duas asas.

Karen Acioly

Foto: Elisa Mendes – Arte: Nina Gaul

É uma inventora de histórias para crianças – de todos os tempos –, em livros, peças de teatro, óperas, filmes, desenhos animados e festivais.

É doutoranda e mestre em Educação, pós-graduada em Literatura Infantojuvenil e em Metodologia do Ensino Superior, maîtrise em Teatro e mestranda em Mídias Criativas. Inquieta, quer estudar ainda mais, sempre.

Autora e diretora teatral, especializou-se na criação de estratégias e programas multidisciplinares para novos públicos, ao criar e dirigir o FIL – Festival Internacional Intercâmbio de Linguagens. Escreveu mais de 30 peças teatrais e conquistou importantes prêmios, como Sharp, Mambembe, Coca-Cola, Maria Clara Machado. Também tem 17 livros publicados e ganhou diversos prêmios, entre os quais destacam-se o Hors-Concours de Melhor Livro de Teatro Infantil pela Fundação Nacional do Livro Infantil e Juvenil e o Prêmio Lúcia Bennedetti da FNLIJ. Suas obras *Os meus balões* e *Fedegunda* compuseram o acervo do PNLD Literário, edições 2018 e 2020, respectivamente..

Em 2022, escreveu, dirigiu e produziu a ópera infantil "Bem no meio", fonte principal de inspiração para este livro transbordado de poesia.

Para saber mais, visite <www.karenacioly.com/>.

Marilia Pirillo

É gaúcha de Porto Alegre, escritora e ilustradora, especialista em literatura infantil e juvenil.

Estudou Artes Plásticas, formou-se em Publicidade e Propaganda e iniciou a carreira trabalhando com projeto gráfico, editoração e ilustração publicitária e editorial.

Em 1995, ilustrou seus primeiros livros de literatura e não parou mais, somando, atualmente, mais de 80 títulos publicados com suas ilustrações.

Em 2004, mudou-se para o Rio de Janeiro, onde vive, e, em 2008, publicou seu primeiro livro juvenil. Tem, hoje, doze títulos publicados como escritora.

Para saber mais visite: <www.mariliapirillo.com>.

Rua Botucatu, 171 – Vila Clementino
04023-060 – São Paulo – SP (Brasil)
Tel.: (11) 2125-3575
http://www.sabereseletras.com.br
editora@sabereseletras.com.br
Telemarketing e SAC: 0800-7010081